EL SECRETO DE
LA LLAMA

A mi esposo, Samuel Ziegler,
crítico, ayudante, amigo.

Library of Congress Cataloging-in-Publication Data

Palacios, Argentina.
  The llama's secret: a Peruvian legend / written and adapted by
Argentina Palacios; illustrated by Charles Reasoner.
    p.   cm.—(Legends of the world)
  Summary: A Peruvian rendition of the Great Flood story, in which a
llama warns the people and animals to seek shelter on Huillcacoto to
avoid the rising sea, Mamacocha.
  ISBN 0-8167-3049-0 (lib. bdg.)   ISBN 0-8167-3050-4 (pbk.)
  [1. Deluge—Folklore. 2. Folklore—Peru.] I. Reasoner, Charles,
ill. II. Title. III. Series.
PZ8.1.P17Ll 1993
398.21—dc20   92-21436

LEYENDAS DEL MUNDO

EL SECRETO DE LA

LEYENDA PERUANA

TEXTO Y ADAPTACION DE ARGENTINA PALACIOS   **ILUSTRACIONES DE CHARLES REASONER**

TROLL ASSOCIATES

Hace muchísimo tiempo, un hombre, su esposa y sus hijos vivían en el altiplano de los Andes. Eran pobres; tenían sólo una casita de piedra, poca cosa de comer y una llama. La llama era lo más valioso que poseían.

En esa tierra inhóspita, la familia vivía una vida sencilla, dedicada a arduas labores para sobrevivir. Todos sabían que sin la ayuda de la llama, la tierra les daría menos.

Todos los días, el hombre y la mujer cargaban la llama de palos para sembrar y cultivar y baldes de agua para regar y se dirigían a trabajar la tierra.

Cuando hacían la cosecha, el hombre y la mujer la llevaban a su casita de piedra. La llama acarreaba la mayor parte de la quinoa, el maíz y las papas. El hombre, la mujer y los hijos llevaban el resto a cuestas.

El hombre siempre llevaba a su preciada llama donde había buena yerba. Un día llevó al animal al lugar de costumbre, pero la llama no probó bocado.

—¡Come, llamingo, come! Llénate de *ischu*—, imploró el hombre. Pero la llama no quiso comer.

El hombre tocó a la llama suavemente. La auscultó en el pecho y le dijo:—¿Qué es lo que te pasa? A mí no me parece que estés mal, llamingo, pero si no quieres comer, nos vamos a casa.

El hombre le contó a su mujer que la llama no había comido cuando la llevó al prado. —Llévala a un lugar distinto mañana—, le dijo la mujer—. A lo mejor la yerba ya no estaba tierna en ese prado. Tal vez ya se estaba secando.

Al día siguiente, el hombre llevó a la llama por un camino distinto a otro prado. Uno por uno, examinó los montones de *ischu*, para estar seguro de la buena calidad de esta yerba. Pero la llama se negó a comer por segunda vez.

El tercer día, y el cuarto, el hombre llevó a la llama de un prado a otro. El quinto día, le dijo: —Llamingo, si no comes hoy, te vas a enfermar y te vas a morir. Tú no te puedes morir porque te necesito.

En vez de comer, la llama se quejó—in, in— y le rodaron unos cuantos lagrimones.

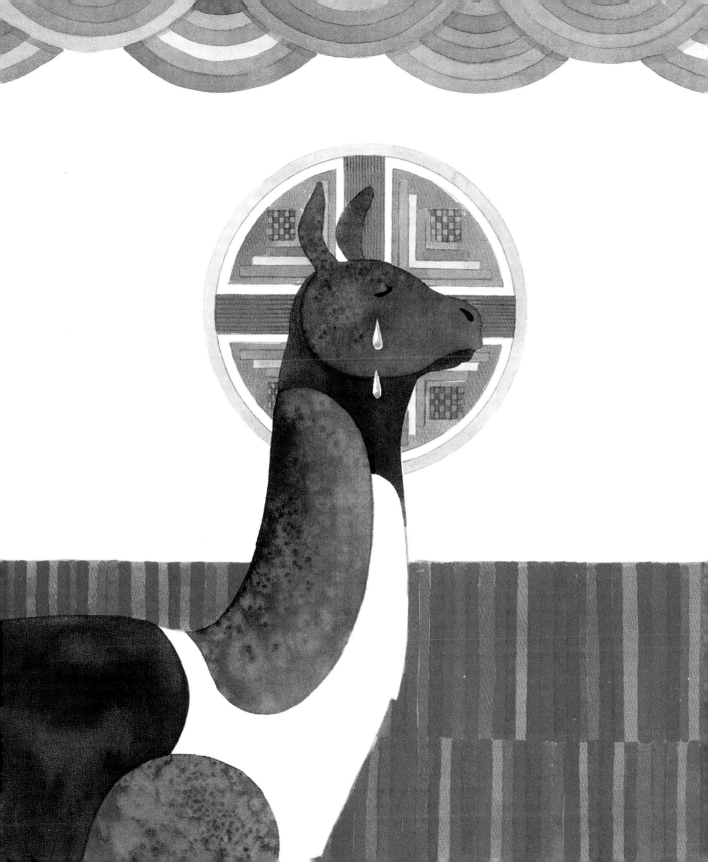

ada de quejas y lágrimas—, le gritó el hombre—. Estoy harto de tu terquedad. ¿Te tendré que dar con este tallo de maíz para que comas?

La llama miró a su amo. En el acto, el hombre dio un paso atrás porque se imaginó que la llama lo iba a escupir, que es costumbre de las llamas escupir cuando se enojan. Pero, para sorpresa del hombre, la llama le habló. —Mi amo, no puedo comer por algo que sé. Es algo muy pero muy triste.

—¡Aaayyyy!—exclamó el hombre—. ¿Qué sabes tú que te entristece tanto?

—Va a pasar algo terrible. El mundo, tal como es, va a desaparecer.

—¿Y tú cómo sabes eso, llamingo?

—Mamacocha, el mar, ha anunciado que habrá grandes cambios—, respondió la llama—. Es más, ha amenazado con inundar la tierra, con ahogar y destruir todo lo que le quede al paso.

—¿Hay alguna manera de salvarse, llamingo?— le preguntó el hombre, aterrado.

—Huillcacoto, la montaña más alta de la cordillera, se escapará de las aguas—, dijo la llama—. Ponme atención y haz lo que te digo. Busca a tu familia y dile a tu esposa que lleve suficiente comida para cinco días.

El hombre corrió a casa, seguido por la llama.

La mujer estaba sentada afuera de la casita de piedra hilando con la lana de la llama. Los niños estaban jugando.

—Mujer, tenemos que dejarlo todo—, gritó el hombre—. ¡Tenemos que abandonar nuestra casa porque las aguas van a crecer!

—¿Y tú cómo lo sabes?— le preguntó la mujer.

—Me lo ha dicho la llama. Mamacocha está enojada y por eso va a inundar toda la tierra. Tenemos que irnos a Huillcacoto para salvarnos.

—Hombre, ¿la llama ha hablado?—le dijo la mujer—. Has estado mucho al sol—. Pero cuando lo miró a los ojos, se dio cuenta de que lo que el marido le decía era cierto.

Así pues, el hombre, la mujer y los niños se prepararon a toda prisa para la escapada. Al momento de salir, la llama les recordó que debían llevar suficiente comida para cinco días.

Con la llama a la cabeza, emprendieron el camino.

A poco se encontraron con una manada de guanacos pastando en un prado. —Las aguas lo van a cubrir todo—, les dijo la llama en su propia lengua—. Tienen que seguirnos a Huillcacoto.

Los guanacos miraron extrañados a la llama.

—No hay tiempo que perder—, continuó la llama—. ¡Vamos, rápido, si no, se van a ahogar!

Los guanacos entendieron por fin las palabras de la llama y siguieron la caravana por la montaña.

Cuando los viajeros se acercaban a un lago de altura, una bandada de flamencos que vadeaban en el agua dieron la alarma. —No hay de qué temer, no venimos a hacerles daño—, les dijo la llama en su propia lengua—. ¡Pero pongan atención! Las aguas inundarán la tierra. ¡Sálvense! Vuelen a Huillcacoto, la montaña más alta de la cordillera.

Los flamencos emprendieron el vuelo.

Los cansados caminantes empezaron a aminorar el paso.

—No hay tiempo para descansar—, les gritó la llama—. ¡Miren! Mamacocha, el mar, está subiendo. Si nos detenemos, nos alcanzará.

Todos apuraron el paso.

Al cabo de un rato se encontraron con una puma y sus cachorros. La madre estaba enseñando a las crías a acechar la presa.

—Alto—, les dijo la llama en su propia lengua—. No hay tiempo para cazar. Mamacocha, el mar, lo va a inundar todo dentro de poco. Si quieren sobrevivir, vénganse con nosotros a Huillcacoto, la montaña más alta de la cordillera.

Los pumas escucharon, pero al mismo tiempo miraban a los otros animales con ganas. —¡No, no!— gritó la llama—. Compórtense porque todos estamos en peligro.

Mansamente, los pumas siguieron a la llama cuesta arriba.

Más adelante se encontraron con unas chinchillas asoleándose en las rocas. —Despierten—, les dijo la llama en su propia lengua—. Mamacocha, el mar, lo va a inundar todo dentro de poco, hasta estas rocas. Si no quieren ahogarse, síganos a Huillcacoto, la montaña más alta de la cordillera.

Las chinchillas entendieron y enseguida siguieron al grupo.

Un par de cóndores, hembra y macho, posados en un alto saliente de roca, observaban a su condorito en sus primeros intentos de vuelo. Cuando la llama les advirtió, en su propia lengua, sobre Mamacocha y las aguas crecientes, también se dirigieron a Huillcacoto.

Por pura curiosidad, una familia de zorros se acercó a ver lo que pasaba. Jamás se había visto por allí un desfile de tantas criaturas. La llama les dijo, en su propia lengua, lo que había dicho a todo el mundo. Pero los zorros no creyeron el cuento de la llama y no siguieron a los demás.

Y así fue que la llama advirtió a todas las criaturas con quienes se topaba. Les dijo también cómo salvarse y la mayoría se unió a la caravana.

Tras una larga y ardua jornada llegaron a Huillcacoto. En la cima, las personas y los animales todos apretujados vieron cómo subían las aguas.—Miren—, dijo el hombre mientras mostraba la familia de zorros que habían visto en el camino.

—Dense prisa—, les gritó la llama. Los zorros apenas pudieron escaparse de las crecientes aguas. Ya no quedaba casi espacio para ellos en la cima, así que la puntita de su largo y tupido rabo tuvo que quedarse metida en el agua.

De pronto, desapareció el sol. Hizo un frío glacial y todos se llenaron de pavor. Es que, hasta ese momento, nadie había visto jamás tal oscuridad.

—Inti, el sol, ha muerto—, exclamaron todos—. Se ha caído del cielo a las aguas. ¡Mamacocha se lo ha tragado!

—No teman—, les dijo la llama—. La oscuridad no se va a quedar para siempre.

Y entonces, también de repente, el mar dejó de subir. Tal como la llama lo había prometido, aclareó otra vez.

—¡El sol no ha muerto!— exclamaron las personas y los animales.

—Estaba reposando en las aguas tras muchas horas de ardua labor dando calor a la tierra y a todas sus criaturas—, explicó la llama—. ¡No tengan miedo! El sol nunca morirá. Inti nos dará su luz durante el día. Durante la noche tomará un baño y entonces, Mamaquilla, la luna, vendrá a refrescarnos y favorecernos con su belleza.

amacocha se sintió satisfecha. Las aguas empezaron a bajar hasta los lugares donde se encuentran hoy día.

Los que se refugiaron en la cima de Huillcacoto empezaron el descenso. Los primeros en bajar fueron los zorros, que ahora tenían en la punta del rabo una mancha negra donde lo habían tocado las oscuras aguas.

Hoy en día, las personas y los animales que habitan en la cordillera de los Andes son los nietos de los nietos de los nietos de los que se refugiaron en Huillcacoto. Para demostrar su gratitud, las personas adornan a las llamas con cascabeles y lazos. Además, las llevan a pastar donde el *ischu* está más verde y tierno.

Cuando las llamas comen, los hombres tocan flautas, unas de las cuales se llaman *quenas* y otras, *antaras*. Las llamas, a su vez, mueven las orejas cuando escuchan la música. Es así como las llamas dicen que les gusta, porque ninguna llama habla la lengua de los seres humanos desde esa vez hace tanto pero tanto tiempo.

El secreto de la llama es una leyenda peruana. Perú, el tercer país sudamericano por su extensión, se encuentra a lo largo del océano Pacífico en la parte occidental del continente. La mayoría de las ciudades grandes del país están situadas en la costa, pero los Andes se hallan al este de esa región y se extienden de norte a sur, de extremo a extremo del país. La leyenda de la llama y el diluvio ocurre en el altiplano, donde habitan los indios desde los tiempos de los poderosos incas que gobernaron el Perú hasta el siglo XVI.

Cuando llegaron los conquistadores españoles, la llama ya había sido domesticada siglos atrás. El animal se ha utilizado para acarrear minerales, tales como la plata, desde las minas.

Hoy en día, esta criatura de pasos seguros aún sirve a los habitantes andinos como animal de carga por los escarpados senderos de la cordillera. La llama puede llevar encima unas 55-132 libras (25-60 kg), según el tamaño del animal, y andar unas 9-18 millas (15- 30 km) al día. Pero si le ponen una libra más de lo que quiere cargar, se echa al suelo y no da ni un paso hasta que le quiten el peso adicional.

Sin lugar a dudas, el cuento de la llama heroica le parecerá conocido a todo quien sepa el del arca de Noé. En muchas partes del mundo, en pueblos de distintas culturas, existen leyendas de un diluvio. Esto indica que el ser humano, cualquiera que sea su origen, es igual en todas partes.

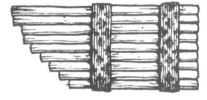

antara